LA NUIT ET L'AUBE

du même auteur : aux Editions Deslivrance
de "COEURS OUVERTS"

- **Cris et douceurs**
- **Tumultes et silences**
- **Soleils à l'ombre**

SOMMAIRE :

Le sujet	p 3
Merci !	p 4
Mourir idiot ?	p 5
Je t'attends	p 6
Questionnement	p 7
Dédoublement	p 8
Devinette	p 9
Les guillemets	p 10
L'exclusion	p 11
Si tu me fais	p 12
La libellule	p 13
Le quai	p 14
Boites secrètes	p 15
Hommage à François Villon	p 16
Post scriptum (à François)	p 17
Les temps modernes	p 18
Nos coeurs	p 19
Les pilleurs	p 20
Si petite	p 21
Les ombres nues	p 22
Celui qui cherche	p 23
Qu'est ce qui a changé	p 24
La nuit	p 25
Bail d'amour	p 26
A Celestine	p 27
J'arrive	p 28
Ma toute belle !	p 29
Sonnez !	p 30
Naissance	p 31
L'aube	p 32

LE SUJET

J'ai pas d'mandé de naître
Ni d'passer dans un lit
Pour avoir le droit d'être
Le sujet dont on rit !

Si vous avez le temps,
Entre deux escapades,
Maîtres omnipotents,
Descendez de l'estrade !

Derrière des façades
De richesse et d'argent,
Se gonflent des cascades
De pleurs des pauvres gens !

MERCI !

Qui suis- je pour n'être personne,
Pour tendre la main dans la rue,
A ces gens qui me désarçonnent,
Qui se suivent, sans m'avoir vu ?

Je dis : "Merci monsieur, merci madame",
Pour cette pièce, ce petit rien, cette ferraille,
Qui fait un bruit, un tintement, et qui me raille,
Mais dans mon coeur, sans le vouloir, je sens des flammes

Ils passent comme des oiseaux,
Hirondelles ou bien rapaces
De toute façon, eux, ils passent,
Moi j'attends un monde nouveau !

Dans leurs regards, l'indifférence,
Au mieux, la comisération,
Ou l'ombre de la remontrance,
Voire parfois de l'aversion.

Qu'ai-je fait pour mériter ça,
Etre exclu de mon entreprise,
Non, monsieur, on n'a pas de prise
Sur la vie quand on subi ça !

MOURIR IDIOT ?

J'veux pas mourir idiot . . .
Faudra que l'on m'explique,
Tous ces gens magnifiques
Qui gouvernent là-haut,
Qu'il faut que je n'aie rien
Pour que d'autr' en aient trop !
Que je sois moins qu'un chien,
Que je boive au ruisseau,
Que j'rame chaque matin,
Pour chercher du boulot !

Qui donc trouve ça bien,
Ou bien ça rigolo ?

Qui donc, à part ces ventres,
Et tous ces potentats,
Dont l'argent est le centre,
Qui se moquent de moi,

Qui donc trouve ça bien,
Qui donc y trouve gloire ?
Est-ce aimer son prochain,
Est-ce une vraie victoire ?

J'veux pas mourir idiot !

Elles pleurent nos mères,
De nous voir au cachot
Pour notre vie entière !

Pendant qu'à des premières,
Et à d'autres aussi,
Les pleins d'écus enterrent
Tous nos espoirs de vie.

JE T'ATTENDS

Je t'attends

Comme un enfant
Poussé au vent
De l'aventure.

Je t'attends

Pour un printemps,
Pour un instant,
Pour que ça dure !

Détends-toi,
Délasse-toi,
Et défais-toi,
De tes chaussures

T'es chez toi,
Quand t'es chez moi

Pour des émois,
Pour des postures
Pour des caresses,
De la tendresse
Et quelqu'ivresse,
Un peu mature,

Pour des bisous,
Depuis ton cou,
Et tes genoux,
Vers ta parure

Havre de vie,
Grain de folie,
Pour des envies
En quadrature.

Et je t'attends,
Statut d'amant,
Pour tes présents,
Tout en nature.

QUESTIONNEMENT

Ah s'il vous reste envie, madame ,
De regarder poindre les jours,
Ou s'enfuir le soleil en flammes
Et d'avoir le corps à l'amour ! ...

La solitude qui vous pèse
Se noie-t-elle dans le tilleul,
Ou rêvez -vous que l'on vous baise
Pour avoir une larme à l'oeil ?

Etes-vous en désespérance,
Et cherchez-vous une âme soeur,
Caresses à vous mettre en transes,
A faire gonfler votre coeur ?

Pensez-vous aux baisers suprêmes,
Qui vous réveillent dans la nuit,
Aux doigts qui vous disent "je t'aime",
A moins que cela vous ennuie ?

Est-il une corde qui vibre
A délivrer de son séquestre ?
En vous-même devenir libre,
Pour entendre jouer l'orchestre ?

Que vos seins gonflent leurs fleurettes,
Et que s'ennivre votre coeur,
Pour devenir la paquerette,
La reine de toutes les fleurs !

DEDOUBLEMENT

Qui donc me parlera, ou d'Anne, ou de Christine,
Au bout d'un fil ténu devenu familier ?
La porte est entrouverte au seuil de son palier ;
Etes-vous en chaussons, êtes-vous en bottines ?

Votre ego et le mien que chaque jour patine,
Compteront-ils le temps à un même boulier,
Et traverseront-ils ensemble des halliers
Pour écouter, la nuit, s'égrener les mâtines ?

Qui parlera d'abord, de Christine ou bien d'Anne ?
L'horloge jusqu'au soir à subir nous condamne !
Minutes de la vie qui orchestrez le temps,

Virgules du langage, apposées ça et là,
Musiques dont il faut bien retrouver le la,
Cadencez simplement chaque coeur qui attend !

DEVINETTE

Serais-je un loup, toi une louve,
Pour expliquer ce feu qui couve
Quand je te vois, quand je t'entends, quand je te rêve,
En bas de soie, rire éclatant, images brêves !

Viens te frotter,
Poil hérissé
Et chevelure
A l'air du vent
Qui nous apprend
Que rien ne dure !

Viens te frotter,
A mon coté
A quatre pattes,
Museau levé
Les reins creusés
Que je te flatte !

Serais-je un loup, toi une louve,
Pour expliquer ce feu qui couve
Quand je te vois, quand je t'entends, quand tu me touches,
En bas de soie, oeil éclatant, rire à la bouche !

Serais-je un loup , toi une louve
Le gagnant est celui qui trouve !

LES GUILLEMETS

Ouvrez les guillemets,
Inscrivez le mot "homme",
Au singulier, bien entendu,
Au singulier pluriel,
Fermez les guillemets !

Vous avez les barreaux,
Les barreaux de la cage :
Il faut qu'il reste sage,
Entre les guillemets !

Que sait-on donc de lui ?
Que n'a-t-on oublié,
Pour quelques guillemets
D'hier et d'aujourd'hui !

Tais-toi, homme corvée
Les guillemets t'enlacent
Les jours et ta vie passent
Comme si de rien n'était !

Les puissants sont acerbes,
D'abord avec des gants
Et montrent leur superbe
Avec acharnement !

Les pouvoirs entendus,
Se partagent des gloires,
Et de grands territoires,
Où toi, tu vis reclus !

Leurs fers sont installés
Par le soin d'autres hommes
Qui dégustent la pomme
Et qui t'ont enfermé !

Ouvrez les guillemets,
Inscrivez le mot "homme",
Ou bien "bête de somme"
Fermez les guillemets !

Quand jeunesse est passée
Et que le jour se lève,
Les guillemets plombés
Se ferment sur les rêves !

L'EXCLUSION

La vie n'est pour beaucoup, qu'une longue corvée,
Un désenchantement quotidien et tenace :
Des peines constamment par d'autres avivées,
Et des joies, qui se font, de plus en plus fugaces !

A l'enfance, la vie, n'est pas toujours bercée
De douceur maternelle et de gestes de grâce
Ni d'amour abondant, d'aucune panacée !
C'est l'exclusion qu'on a toujours en face à face !

SI TU ME FAIS .

Si tu me fais une aquarelle,
Qu'elle soit belle, belle, belle !
Comme avec un ciel de Provence,
De l'été à Saint Paul de Vence.

Si tu me fais juste une gouache,
J'aimerais bien qu'il se détache
Un olivier ou un cyprès ...
Comme si ce n'était pas exprès !

Et si tu me fais un dessin,
A l'odeur de lavande et thym,
Qu'il y figure ce mazet
Qui reste au fond de ma pensée ...

Je ne pourrais pas le décrire,
Il est tout simple, un peu perdu ...
Peut-être pourras-tu me dire,
Qu'un jour aussi, toi, tu l'as vu !

LA LIBELLULE

La libellule du destin
Se promène dans le jardin
Dans les parfums de l'innocence.
Dans les candeurs de notre enfance,
La libellule va et vient !

Mais qui donc te regarde faire ?

Celui, le seul, qui y parvient
Habite au dessus de la terre.

L'oeil te surprend, tu te dérobes,
Libellule de l'inconstance,
De variations en longue robes,
Es-tu le jouet des circonstances,
Dans ton mouvement aérien,
Entre les fleurs et les rameaux,

Es-tu le mal, es-tu le bien ?
Es-tu du signe des Gémeaux ?

LE QUAI

J'irai là bas jusques au quai,
Au tout début de la soirée
Ecouter, voir, l'eau qui clapote,
Comme clapote mon amour,
Me demandant si ce fut faute,
Que de t'aimer tant chaque jour!

Au pied, juste des reverbères,
En sentinelles débarquées,
La lumière papillonnaire
Jouera sur l'onde bosselée ;

Entre le noir et la lumière,
Entre le sombre et la gaîté,
Le coeur en doute et en prière
Vibre d'amour en fin d'été.

BOITES SECRETES.

J'ouvre les boites de pandore,
Celles des secrets absolus,
Celles des dieux que l'on adore,
Celles qui mettent l'âme à nu !

Mystère, mystère, mystère,
Partout l'homme en suspens,
Imagine et se désespère,
Cherchant de quoi il dépend !

Je regarde les millénaires,
Qui me sourient bien tendrement,
Me voyant tourner sur ma terre
Le temps de ma vie simplement !

Sagesse, sagesse, sagesse,
Je me demande qui je suis ;
Nulle passion, nulle détresse,
N'expliquera le temps qui fuit !

Tu as besoin de certitudes,
Et tu te sens abandonné ;
Cette espèce de servitude
T'oblige à tout imaginer !

HOMMAGE A FRANCOIS VILLON.

François, tu m'as acccompagné
Depuis tout temps que je suis né,
Comme un grand frère sur la route ;

Jamais, vraiment n'ai eu de doute
De t'avoir toujours retrouvé !

Frère de coeur, frère de lait,
A chaque malheur arrivé,
Nous donnons un coup de balai!

Y-a bien de quoi faire ripaille,
En mangeant de la cochonaille,
Et quelque reste de vautour !

Et puis après, vaille que vaille,
Nous partirons à notre tour,
Laissant derrière les chamailles,
Mais pleurerons tous nos amours!

POST SCRIPTUM .

(à François)

Des gibets virtuels, dressés au bord des villes,
Montrent un moyen-age à peine profilé,
Dans un monde internet où tout paraît tranquille ;
L'accés libre aux ghettos est toujours assuré !

Science, mère de l'homme au sapiens imprudent,
Couvrant d'un voile pur l'immense pauvreté,
Fait briller des joyaux au ciel du firmament ;
N'est-ce pas quelque part un peu de fatuité !

Alors qu'on voit pointer un nouveau moyen-âge,
A la mesure enfin des moyens découverts,
On leur dit de cesser de faire du tapage,
A ceux qui voudraient bien que les yeux soient ouverts !

LES TEMPS MODERNES

J'ai quinze ans et je me demande
Qu'ont donc les anciens à m'offrir?

Je voudrais qu'une main se tende
Et que je puisse la saisir !

J'ai vingt ans et je me questionne
Que font les maîtres et les dieux,

Point de gloire je n'ambitionne
Mais je ne suis ni serf, ni gueux !

J'ai quarante ans, je m'interroge,
Quels exemples me sont offerts ?

Que tout puissant aux lois déroge,
Et qu'on voudrait me mettre aux fers !

Taisez-vous, vous, les temps modernes,
Juste un instant, pour écouter,

La vie humaine où l'on discerne
Un changement de société.

NOS COEURS.

Nos coeurs sont comme des toitures,
Au vent, au soleil, à la pluie,
De rire en pleurs, en aventures,
Faut-il occire nos envies ?

Faut-il, à ces voix intérieures,
Que sont nos âmes en chemin,
Events de forces supérieures,
Brefs lumignons du genre humain,

Faut-il leur imposer silence,
Au nom d'un matériel vainqueur,
Dans la pire des insolences,
Délivrer un rictus moqueur ?

Faut-il leur offrir un grand vide,
A ces âmes de coeurs battants,
De savoir et d'amour avides,
Ou laisser vaincre l'éclatant ?

Nos coeurs sont comme des toitures,
Au vent, au soleil, à la pluie,
Ne laissons pas les moisissures
Les désespérer de la vie !

LES PILLEURS.

Adultes rigolos, diablement dérisoires,
Par milliers oubliant l'enfant évanoui,
Vous avez, grandissant, abdiqué votre histoire
Et piétiné votre âme en devenant soumis.

Il en est peu de vous, aujourd'hui, comme hier,
Qui soit resté debout malgré l'affront du temps,
Qui aime la justice et qui soit resté fier,
Pour garder cet honneur d'avoir été enfant !

Les pires de nos maux proviennent de nous-même
Et de plier sans rompre un peu plus chaque jour,
D'oublier tant de soi, de perdre ceux qu'on aime,
Egoïste à tout crin, avec soi comme amour,

L'homme ainsi devenu, adulte, à ce qu'il dit,
Voit la grande chienlit poursuivre ses ravages
Et s'excuse tout seul, en disant "c'est ainsi!"
L'oeil d'un enfant se trouble en voyant ces images !

C'est ainsi que sont nées tant de décorations,
De pouvoirs absolus, de monstres sanguinaires,
A l'aide de valets et de serfs par millions
Et s'il s'en lève un, sa tête est aux enchères !

Tout ces états de droit, puisqu'ainsi on les nomme,
Ont leurs princes, leurs grands, leur cour, comme les autres
Pillant l'âme du pauvre, enfant devenu homme,
Lui donnant un loto dans lequel il se vautre !

SI PETITE !

Elle est si petite, mon dieu,
Avec le regard qui s'enflamme,
Qu'il est une place pour deux,
Dans un coin où chavire l'âme !

Place pour deux, même réduite,
D'où soit exclue toute ambition,
Que celle de voir dans sa fuite
Chaque soir vibrer d'émotion !

Sommes fêtus et nous voguons
Sur des océans de mystère,
Portés par des lames de fond,
Cherchant à l'horizon , la terre !

Le coeur a tant de mots à dire,
Les mains de caresse à donner,
Les jours encore de sourire,
Le ciel est clair au temps d'aimer !

LES OMBRES NUES

Nous marchons, la nuit, sur nos ombres,
Sur le trottoir des avenues
Quand il fait froid, quand il fait sombre,
Des ombres qui sont toutes nues !

Font des formes alambiquées
Entre les pieds des lampadaires,
Comme nos âmes compliquées,
A la lune dodécadaire.

Que d'ombres nues qui nous dépassent!
Sur lesquelles nous avançons,
Qui se meuvent dans tout l'espace,
Jamais vraiment n'en disposons !

Sont-ce sorcières qui font fête,
Multipliées autour de nous
Se jouant de voir notre tête,
A rechercher un peu partout ?

S'évanouissent, puis renaissent
Comme les espoirs de nos vies,
Virevoltent puis disparaissent
En silence et sans tragédie !

CELUI QUI CHERCHE.

Heureux, celui qui cherche,
Et qui ouvre les yeux
S'il est aveugle
Et qui prête l'oreille
S'il n'entend pas !

Ce n'est pas la rumeur publique,
Le silence au confessional,
La parole écoutée,
D'une voie de passage...
Qui fait la vérité !

Tiens-toi à la rembarde,
Et regardes la mer
Au delà !

Tu ne vois que la crête des vagues.
Peut-être verras-tu,
En effleurant les eaux
Quelque poisson volant
Se montrer à ta vie !

QU'EST- CE QUI A CHANGE ?

La vie en miettes s'éparpille,
J'ai rencontré des tas de gens...
Mais jeunes gens et jeunes filles ,
Que signifient ces cheveux blancs ?

Quel est l'hiver qui vous habille ?
Ne sommes-nous du même temps ?
Rappelez-vous que les jonquilles
Annoncent toujours des printemps !

Moi, si je ne joues plus aux billes,
C'est que je m'amuse autrement !
C'est vrai que j'ai laissé les quilles
Que je faisais tomber avant !

Mais quand la nuit au ciel scintille,
En vérité , je suis enfant,
Et mes yeux toujours s'équarquillent
Devant le monde en mouvement !

La vie en miettes s'éparpille...
Mais qu'est-ce qui a changé vraiment ?

LA NUIT ...

La nuit,
Quand dort mon hémisphère,
Mes amis dans leurs lits
Font sandwich dans leurs draps.

Quelque part, loin, la mer
Se ramasse aux rochers,
Sous un hiver pluvieux,
Qui fait boire la terre.

La nuit,
Quand dort le monde
Des gens que je connais
Et que tous ceux que j'aime
Rêvent à l'unisson,

Peut-être voudraient-ils
Que le monde
Revienne sur ses pas et pense,
Avec tous les amis que nous ne savons pas,
Et que le jour qui vient
Maintiendra à l'écart,
Et pour qui nous serons des étrangers encore !

La nuit,
Celle qu'on sent
Avoir tant de sommeil
Qu'il faut bien qu'au réveil
Elle donne l'espoir
D'un jour renouvelé ...

BAIL D'AMOUR !

Rien n'est plus beau que ceux qui s'aiment,
Ce qui ressemble à un défi
Quand ils en sont au point extrême
Du chemin d'une longue vie !

Les vieux qui s'aiment, souriants,
Savent regarder les oiseaux,
Ont le ciel dans leurs yeux confiants,
Des souvenirs à pleins ballots !

Car au moment de leur jeunesse,
Ils aiment se le rappeler,
Ils se faisaient folles caresses,
Dans l'entre deux de leurs baisers !

Depuis trente ans c'est la retraite,
Si les grands gestes n'ont plus cours,
S'il n'est qu'un calme tête à tête....
Dieu que leurs yeux parlent d'amour !

A CELESTINE

Je t'ai connue , tu étais vieille,
Toute petite et bien ridée
Et l'après-midi sous ta treille
Assise tu ratioçinais .

Ta main était maigre et légère,
Blanche , il me semble encor la voir
Je venais avec ma grand'mère ,
Vous étiez deux, vêtues de noir !

Celestin' presque centenaire ,
Je te salue trente ans après ,
Toi qui vivais de ton naguère ,
J'en fais autant ou à peu près !

J'ARRIVE

Est-ce vrai
Que le temps est frais,
Est-ce vrai ?

Qui est-ce qui se mouche
Dans son coin,
Dans son travail
Tête penchée,
Les yeux baissés,
Le nez à l'air ,
Et l'idée en vadrouille,
Quelque part qui chatouille !

Qui est-ce qui veut,
Mais ne sait pas comment le dire,
Ce qu'elle veut et ça s'embrouille
Vraiment !

Qui est-ce qui se cache,
L'idée en petit désespoir
C'est toi !
Petite voix....

A tout à l'heure,
A tout de suite,
Détache ta ceinture,
Dépose tes bottines,

J'arrive
Chez toi.

MA TOUTE BELLE !

Ma belle est toute belle, mais je n'en dirai rien
De ses dessous dentelle, dont je pense du bien !

Elle ne rit jamais à tort ou à travers,
Voyant dans le regard de tout homme pervers,
Un excès de malice du diable boutonné,
Dans un pantalon sale qu'il ne faut pas toucher !

Pourtant sous ses dessous, pourtant sous ses dehors,
Elle cache son jeu même quand elle dort,
D'un thermomètre, au doigt sensiblement coquin,
Qui donne des frissons électriques aux mains !

Ma belle est toute tendre, mais je n'en dirais rien
Car j'aime trop l'entendre m'appeler son vaurien !

De frissons frissonnants, en tonnerre de Brest
L'orange est délicieuse à en bouffer le zest,
A saucer sans façon l'assiette anglaise ou pas,
Qu'importe le menu, qu'il est bon le repas !

Ses dessous d'en dessous, mon dieu, ça vout des sous !
Ca vaut des perles rares, des colliers de bisous,
Des parfums exotiques, qui vous montent au nez,
Des instants d'émotion, qu'on ne peut refréner !

Ma belle est toute charme , mais je n'en dirai rien,
Aurais-je assez de larmes, si elle partait demain !

SONNEZ !

Monsieur le duc de la Motte de Beurre Cru
Reçoit ce vendredi monsieur son intendant ;
L'huissier en garde à vous se penche cependant
Annonçant à Monsieur, que monsieur est venu.

L'un restera debout car l'autre reste assis
Et le sujet sera les vaches que l'on trait !
D'un registre noirçi, les chiffres sont extraits,
Le serviteur zélé garde l'esprit rassis.

Le joug est pour les boeufs, l'étable est pour la vache,
Et la motte de beurre à grands coups de cravache,
S'augmente peu à peu de ce qu'elle prélève ;

La passion de Monsieur reste les bals masqués ,
Ayant partout placé ses sbires embusqués
Il fait taire à loisir toute voix qui s'élève !

NAISSANCE

" Ouf !
Il est tombé sur terre,
Mère, mère, mère !

Il a commençé son compte à l'endroit,
Taisez-vous,
Et laissez-le crier un peu !

Qu'il me prenne le sein, prenne, prenne...

C'est bon et plus,

Tête-moi là, cette tétine
En tête à tête en corps à corps,
Goulûment, ça fait tant de bien,
Aspire-moi, à tu, à toi !

Nous nous comprenons, tous les deux,
Nous construisons nos connivences,
Et tu me fais vivre un peu plus !

Je dors et déja tu me réveilles

Je te regarde et je n'en finis pas,

Plus aucun jour ne compte que ceux que je passe
Avec toi
Merci ! "

L'AUBE.

Avec l'aube, l'espoir arrive,
De l'infiniment loin arrivent des lueurs.

Se lève ou se lèvera pas ?

Patience !

Tout s'imprègne et va plus tard se dégourdir.
L'éveil de prime jour agrandit les poumons,
Les horizons, à peine se dégagent de l'ombre ;
La naissance du jour s'effectue dans le calme
Des édredons de brume se trouvent en suspension fragile
Campagnes doucement apparaissent à peine,
Comme un rêve de vie !

La planète est sérénissime
L'aube qui pointe la caresse
L'oeil justifie la vue à cette immense scène,
Où le jour tout petit sans hâte se soulève .

Les sens prennent leur sens à ces instants précieux
Les couleurs ne sont pas encore colorées
Tout se forme, tout simplement.
L'aube ne parle pas, elle imprègne l'espace,
A son heure, pour ouvrir la vie à un jour tout nouveau ;
L'aube s'effacera après son oeuvre accomplie ;
Après avoir doucement fait éclore l'éveil,
L'aube prend possesion totale de l'espace
Prend son temps personnel pour ce qu'elle a à faire
Virginale, secrête, et possessive !

L'aube se montre alors que l'homme est endormi,
Et s'étire à son aise en dehors des villes tentaculaires ;
Elle a besoin d'espace pour préparer le jour !
L'aube s'empare enfin de tous ceux qui la vivent !